Der Engel

Märchen von Hans Christian Andersen
mit Bildern von Brigitte Junghans

J. Ch. Mellinger Verlag GmbH, Stuttgart

„Jedesmal, wenn ein gutes Kind stirbt, kommt ein Engel Gottes zur Erde hernieder, nimmt das tote Kind in seine Arme, breitet seine großen, weißen Flügel aus und fliegt über alle jene Stätten, die das Kind einst geliebt hat. Dort pflückt er eine ganze Handvoll Blumen und nimmt sie mit zum lieben Gott hinauf, damit sie im Paradies schöner als auf der Erde blühen. Der liebe Gott drückt alle Blumen an sein Herz, die Blume aber, die ihm am liebsten ist, küßt er, und dann bekommt sie eine Stimme und kann mitjubilieren in der großen Glückseligkeit."

Diese Geschichte erzählte ein Engel Gottes, der ein totes Kind von der Erde zum Himmel forttrug, und das Kind hörte es wie im Traum.

Der Engel flog mit dem Kind über die Stätten seiner Heimat, wo der Kleine gespielt hatte, und sie kamen durch Gärten mit schönen Blumen.

„Welche wollen wir nun mitnehmen und in den Himmel verpflanzen?" fragte der Engel.

Da stand ein schlanker, edler Rosenstock, aber eine rohe Hand hatte seinen Stamm gebrochen, so daß die Zweige, die voll von halbaufgeblühten Rosen waren, welk herabhingen.

„Nimm den armen Rosenstock mit, damit er oben in Gottes Garten aufblühen kann!" sagte das Kind.

Und der Engel nahm den Rosenstock und küßte das Kind dafür, und der Kleine öffnete halb seine Augen. Sie pflückten nun von den vielen anderen schönen Blumen, nahmen aber auch das verachtete Gänseblümchen und das wilde Stiefmütterchen mit.

„Jetzt haben wir Blumen!“ jubelte das Kind, und der Engel nickte, aber sie flogen noch nicht hinauf zu Gott. Es war Nacht, es war ganz still; sie blieben in der großen Stadt und schwebten über einer schmalen Gasse, in der Haufen von Stroh, Asche und Kehricht lagen. Da gab es Scherben von Tellern, zerbrochene Gipsfiguren, Lumpen und alte Hüte, alles, was nicht gut aussah.

Der Engel zeigte unter all diesem Unrat auf die Scherben eines Blumentopfes und auf einen Klumpen Erde, der herausgefallen war und nur durch die Wurzeln einer großen, verdorrten Feldblume ein wenig zusammengehalten wurde.

„Diese Blume nehmen wir mit“, sagte der Engel, „während wir fliegen, will ich dir erzählen, warum.“

Und dann flogen sie, und der Engel erzählte: „Dort unten in der engen Gasse, in dem niedrigen Keller wohnte ein armer, kranker Knabe; er mußte schon als kleines Kind immer im Bett liegen; und wenn es ihm gut ging, konnte er auf Krücken ein paarmal in der kleinen Stube auf und ab gehen, aber das war auch alles. An einigen Tagen im Sommer fielen die Sonnenstrahlen eine halbe Stunde lang in das Kellerloch herein; wenn dann der arme Knabe dort saß und sich von der warmen Sonne bescheinen ließ und das rote Blut durch seine feinen Finger hindurchschimmern sah, die er vor das Gesicht hielt, dann hieß es: ‚Ja, heute ist er draußen gewesen!' – Er kannte den Wald in seinem wunderbaren Frühlingsgrün nur dadurch, daß ihm der Sohn des Nachbarn einen Buchenzweig brachte; den hielt er sich dann über den Kopf und träumte, unter den Buchen zu sein, wo die Sonne schien und die Vöglein sangen.

An einem Frühlingstag brachte ihm sein Freund auch Feldblumen, und unter diesen war zufällig eine, an der noch die Wurzel hing; so wurde sie in einen Blumentopf gepflanzt und an das Fenster dicht neben dem Bett gestellt.

Die Blume war von glücklicher Hand gepflanzt, sie wuchs und gedieh, trieb jedes Jahr neue Stengel und trug frische Blüten. Sie war für den kranken Knaben ein herrlicher Blumengarten, sein größter Schatz auf dieser Erde. Er begoß und pflegte sie und sorgte dafür, daß sie noch jeden letzten Sonnenstrahl bekam, der durch das niedrige Fenster drang. Die Blume lebte in seinen Träumen, für ihn wuchs sie, blühte und verbreitete ihren Duft; sie war seine größte Freude. Ihr wandte er im Tod sein kleines Antlitz zu, als der liebe Gott ihn rief. Der Knabe ist nun schon ein Jahr bei Gott gewesen; ein Jahr lang hat die Blume vergessen im Fenster gestanden und ist verdorrt; deshalb wurde sie beim Umzug mit allem Kehricht auf die Gasse geworfen.

Und diese Blume ist es, diese arme, welke Blume, die wir mit in unseren Strauß genommen haben; denn sie hat mehr Freude gebracht als die kostbarste Rose im Garten einer Königin."

„Woher weißt du das alles?" fragte das Kind, das der Engel zum Himmel hinauftrug.

„Ich weiß es!" sagte der Engel, „Ich war ja selbst der kranke, kleine Knabe, der auf Krücken ging. Meine Blume kenne ich wohl!"

Und das Kind öffnete seine Augen weit und schaute in das schöne, frohe Gesicht des Engels, und im selben Augenblick waren sie in Gottes Himmel, wo Freude und Glückseligkeit herrschte. Und Gott drückte das tote Kind an sein Herz, da bekam es Flügel, und Hand in Hand flog es mit dem Engel dahin. Der liebe Gott drückte auch die Blumen an sein Herz, aber die arme, verdorrte Feldblume küßte er, und sie bekam eine Stimme und sang mit den Engeln, die in engeren und weiteren Kreisen um Gottes Thron schwebten, immer weiter fort bis ins Unendliche, aber alle gleich glücklich. Alle sangen sie, auch die arme, kleine Feldblume, die verwelkt dagelegen war, hingeworfen auf den Kehrichthaufen in der engen, düsteren Gasse.

„Wenn ein Mensch stirbt, wird ein Geist geboren“, sagte uns Novalis, der Dichter der „Hymnen an die Nacht“.

Jedes Kind, jeder Mensch hat seinen Engel, der ihn seit urdenklichen Zeiten begleitet, und ihn auch weiterhin begleiten wird, über Tode und Geburten hinaus. Wir leben in einer Zeit, wo uns Engelwesen wieder näher kommen. Zahlreiche Menschen erzählen von bildhaften oder einsprechenden Engelbegegnungen. Schutz und Entängstigung werden so erlebt. Da mag es an der Zeit sein, die Erzählung vom Engel, die uns Hans Christian Andersen hinterlassen hat, tief ins Gemüt hineinzunehmen, um sie unseren Kindern in die Herzen zu sprechen.

Dann können die zarten Deutungen dieser hierarchischen Engelwesen, wie sie immer über und in dem Menschen anwesend sind, in den künstlerisch wertvollen Bildern die Seelen der Kinder aufschließen und ihnen einen Hauch von Stille und Andacht schenken. Wo der Erwachsene wieder ahnend die Sphäre der Himmelsboten berührt, fällt das Wissen der Kinder nicht mehr ins Wesenlose.

Gesamtherstellung: Schoder Druck GmbH & Co. KG, 86368 Gersthofen

ISBN 3-88069-336-6